La bonnefemme de neige

David McKee

Gallimard

— On va faire un bonhomme
de neige, dit Sylvain.

Collection folio benjamin

Traduction : Geneviève Brisac

Titre original : Snowwomen
ISBN : 2-07-039217-1
Publié par Andersen Press ltd, Londres
© David McKee, 1988, pour le texte
et les illustrations
© Editions Gallimard, 1988, pour l'édition française
et 1989, pour cette présentation
Numéro d'édition : 46750
Dépôt légal : septembre 89
Imprimé en Italie par La Editoriale Libraria

— Pourquoi spécialement
un bonhomme ? dit son père.

— On va faire un bonhomme de neige, dit Sylvain.

— Pourquoi spécialement
un bonhomme ? dit sa mère.

— On va faire une bonnefemme
de neige, dit Alice.

— Quelle magnifique idée
ma chérie ! dit sa mère.

— Une bonnefemme de neige?
ça n'existe pas ! dit Sylvain.
On fait un bonhomme de neige.

— Toi, peut-être, dit Alice.
Moi, je fais une bonnefemme
de neige.

Et ils se mettent au travail.

Et puis ils courent vers la maison.

— Il faut un chapeau et
une écharpe pour mon bonhomme
de neige, dit Sylvain.

— Mais pourquoi spécialement
un bonhomme ? dit son père.

— Est-ce que je peux avoir
des habits pour ma bonnefemme
de neige ? dit Alice.

— Mais bien sûr, mon amour !
dit sa mère.

Et les voilà qui habillent
leurs chefs-d'œuvre.

Leur mère prend une photo
souvenir.

Au moment de s'endormir,
Sylvain dit :
— Est-ce que mon bonhomme
de neige sera encore là
demain matin ?

— Bien sûr mon chéri,
dit son père, s'il n'a pas fondu.

— Est-ce que ma bonnefemme
de neige sera encore là
demain matin ? dit Alice.

— J'espère, ma chérie,
dit sa mère.

Mais le lendemain...

— Ils sont partis ! gémit Sylvain.

— Oh ! regarde, dit Alice,
ils ont emporté leurs habits !
Ils n'ont pas fondu alors !

— Ça n'existe pas un bonhomme
de neige qui s'en va
avec ses habits ! dit Sylvain.

— Tu sais, c'est peut-être
parce qu'il avait sa femme,
dit Alice.

— On fait un ours de neige,
dit Sylvain.

— UN ours ou UNE ourse ?
dit Alice.

— Les ours, c'est les ours,
dit Sylvain.

BIOGRAPHIE

David McKee est un des plus grands illustrateurs de livres pour enfants. Son premier livre est paru en 1964. Aujourd'hui, il en a publié plus d'une centaine. Il a une vie très occupée, qu'il partage entre Barcelone et Londres, trois enfants déjà grands, une société de production de films qu'il a créée. Cette société s'appelle King Rollo, du nom d'un petit personnage inventé par David McKee. Elle fait beaucoup de dessins animés qui sont vendus dans le monde entier. Mais David McKee continue bien sûr à écrire et à illustrer des histoires. Il aime autant écrire que dessiner. David McKee aime les histoires drôles et terribles. *Bernard et le monstre*, *Toucan Toublanc*, paru en folio benjamin, sont ses livres préférés.

**Pour les benjamins qui aiment
les histoires drôles et qui font réfléchir**